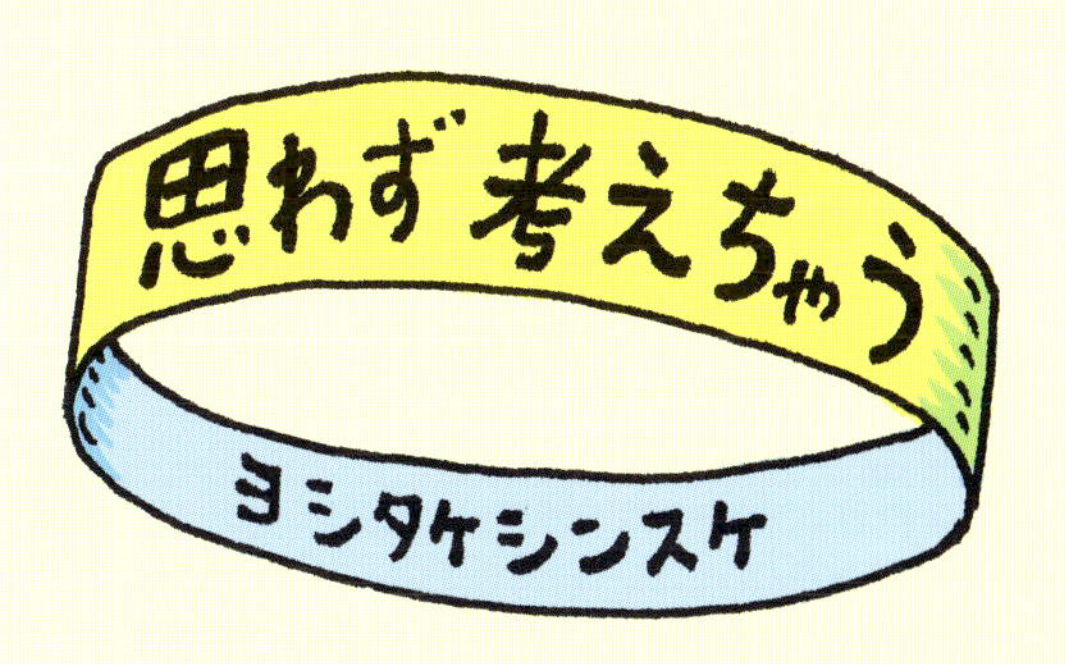

新潮社

はじめに

はじめまして。イラストレーター、絵本作家のヨシタケシンスケと申します。この本を手にとっていただき、ありがとうございます。

1.

まずですね。この本がどういうものなのか、ということをご説明させてください。

2.

私はイラストなり 絵本なり、
絵を描く仕事をしているのですが、
今まで何度か、人前でお話しさせて
いただく機会がありました。
講演会みたいなやつです。
え――…
3.
なかなか上手にできませんで、
予定の時間より早く話し
終わっちゃったりすることがよく
ありました。
…という訳で、
言いたいことは
以上デス。
…ヤバイ!
まだ30分も
あまってる!
4.

え——……
まずはコチラを
ごらんください。

そんな時、「こんなこともあろうかと」準備していたネタが、「普段、勝手に描いているイラスト（スケッチ）を何枚か見ていただいて、そのイラストに対するコメントをしていく」というものでした。

5.

で、本編よりもそちらの時間帯の方がお客さんに喜んでいただけることが多かったので、その部分だけをまとめたものがこの本になります。

さいごのが
おもしろかったわ。
さいごのは
おもしろかったヨ。

6.

私は長い文章を書くのが苦手なので、
お客さんの前でしゃべったり、編集の方の
前でしゃべったりしたものを文字にして
いただきました。いわゆる「語りおろし」
というやつですね。
このスケッチは
ですね。
録音中
7.
つまり、「こないだこんなスケッチを
しました。それはこんなことがあったから。
こんなことを思ったからです。」という、
スケッチ解説です。
だから、どのページから
読んでも大丈夫なのョ！
ホラ！
8.

そもそも「いつも描いているスケッチ」って
何だ、って話ですよね。

私は社会人として いつも
スケジュール帳を持ち歩いて
いるのですが

9.

そのスケジュール帳の後半部分をメモ帳として
使っていて、そこにあったこととかなかったこととか
「思わず考えちゃったこと」とかを描きとめる
クセ、というか習慣があるのです。

電車を待ちながら

息子と遊びながら

10.

そして、そのメモがいっぱいになると、
そこだけはずして一応、保管して
いるのです。

たくさん描く日もあれば、一枚も
描かない日もあります。

幸せな時は一枚も
描かず、ストレスがある時に
たくさん描きます。

11.

後から見返すと、何を見て何を思ったのか、
何を妄想したのか、の記録になっていて、
イラストや絵本のアイデアになることも
多々、あるのです。

明日しめ切りだから
この ネタを使おう!
ありがとう!
昔のオレ!

すごくいいこと思いついた!と
思ったら、前の年にまったく同じ
ことを描いていたりして、
おちこむこともあります。

12.

本来であれば人様にお見せできる
内容でも品質でもないのですが、

そんな思い付きの、
フワフワしたものを
そのまま人に見せるなんて
失礼じゃないのかね?

ハイ。

おっしゃる
通りです。

13.

でも、ホラ、文房具売り場の試し書き
コーナーにうっかり自分の名前を書いちゃって、
あわてて消してある跡なんかを見ると、
ちょっとほほえましくなったりするじゃ
ないですか。

そんなやさしい気持ち、軽い気持ちで
「へー。そんな人もいるんだネー。」と
読んでいただけると幸いです。

では
ドーゾー。

14.

目次

第1章　ついつい考えちゃう

第2章 父だから考えちゃう

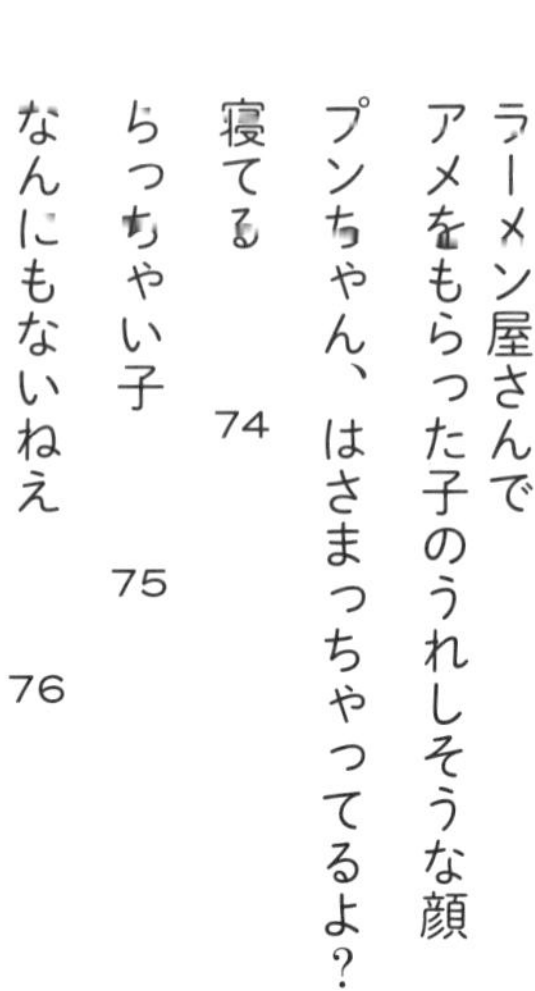

ハイ。ヨシタケでございます

第3章 ねむくなるまで考えちゃう

ブックデザイン・彩色 **浅妻健司**

思わず考えちゃう

あ、そーやって
ハミガキコ出すんだ…

第1章

ついつい考えちゃう

この間、マツキヨにお買い物に行ったらですね、レジが終わった後にですね、荷物を詰める場所がありますよね。

そこに、ご自由にお使いくださいって、箱みたいな何かが置いてあるんですよ。その中にレシートが捨ててあったりして。これ、何だろうと思って。

もともと、何がしたかったのか？

全くわかんないんです。中に別のチラシかなんかが入ってたのか？

で、たぶん前のお客さんは、ゴミ箱として使えばいいんだなと思ったみたいで、くしゃくしやになったレシートが一つ入ってたんですね。

凄い何かこう、これを見た時に、試されてる感じがして。やばいと思って。

どっかで、誰かから見られてる感じがあって。

「さあ、自由に使っていいんだよ、どうすんの？」っていう。

「ヨシタケさん、どんなおもしろいことするの、これで？」って、試されてる気がしちゃったわけですね。


ご自由にお使いくださいって書いてあって、自由にって言われても。たかが百円ショップで売ってるような入れ物なんですよね。


でもなんか、改めて考えると、我々の人生も、神様に、どうぞご自由にその身体をお使いくださいって言われて、この世に生まれてきてるわけです。

そこで皆さん、いろんなことを本当は自分で決められるはずなのに、レシー捨てられたりしてるわけですよね。

その自由って何だろうってことを、マツキヨのレジの後ろでずっと考えていたわけです。この箱を見て、ぱっと止まっちゃったわけです。

ご自由に？　よく考えたら、どんなことでも、世の中の物って何でもご自由に使っていいわけであって。

自由について考えさせられたっていう、一コマなんです。

トペ
トペ

↑
指をしめらす
スポンジ

富士山の盗み撮り

盗み撮りって、絵を描いたんですが。

これはどっか駅に行った時に、「盗み撮りにご注意下さい」という、スマホとかで、スカートの中を盗撮したりとかする人がいるので、ご注意下さいみたいな貼り紙を見た時に、盗み撮りって何だろうと思ったんですよね。

よく考えたら全部盗み撮りだよなって。富士山撮っても、別に富士山の了解取ってないし、あらゆることは盗み撮りだよな、って思いました。で、何だろうって考えた時に、相

富士山の盗み撮り

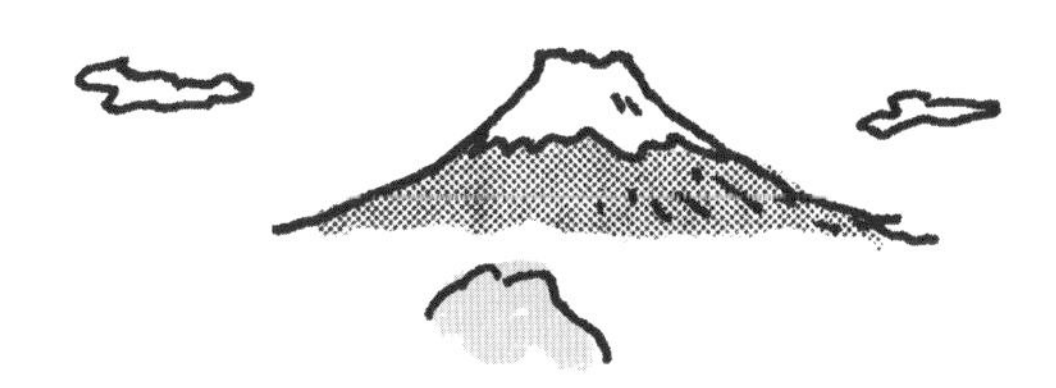

手の了解を取ってないものは盗み撮りなんだけど、ま、富士山は文句言わないから。富士山の場合は、そっか、盗み撮りって言わないんだ、っていうことを、ぐるーっと考えるわけです。

そんなこと考えてるのが、普段イラストの仕事とか絵本を描く時に役に立つこともあるんです。ごくたまにですが。

ききうでの
ツメは
切りにくい。

ききうでが
使えないからだ。

ききうでのツメは

切りにくいっていうことも、この間、
気付きました。

僕は左利きなので、左腕のツメってやっぱ切りにくいわけですよ。皆さん経験あるかと思うんですけど、ききうでが使えないからなんですね。右手で切らなきゃいけないから。左手はすごくどんなことでも出来るんだけど、左手のツメだけは上手に切れてない。

近すぎるから、出来ないことってのがたくさんあります。

やっぱり教育の現場でも、親だからこそ、先生だからこそ、出来ないこともたくさんあるわけですよね。そんな難しい話じゃないんですが。そんな難しい話にしたくなるぐらい、ききうでのツメって切りにくいなあと、思ったわけです。

一番きたなく
ない部分って
どこだろう

外へ行って、

お店のトイレに入る時、我々男性だと、こういう形のトイレしかない時に、おしっこしたい時、便座を全部上げるわけです。ふたと、座る時用のやつと、両方上げなきゃいけないわけなんですね。ちょっと女性の方は、イメージしにくいかと思うんですけど。その時に結構、どこを持ってそのふたを開けるかって、一瞬、悩むんですよね。

一番きたなくない部分ってどこだろう、って。

結構あれ、きたないはずなんですけど、みんな、えいやって気合いで持ち上げたりしてるんでしょうか。

あと、終わった後に手を洗って、ドアのどこ触って開けるか、みたいなことも、なんか気になりませんか?

あれ、きれいになった手で、このドアのノブ触るんだ、っていう。

例えば、こうやって下げるタイプのドアノブだと、たぶん一番外側の方が、緩い力で開くから、みんな外側の方を触るんじゃないかなと思って、内側の方を触ると、結構、力が必要なんですよね。で、開けにくかったりして。余計、ぎゅーっと持っちゃったりして、余計きたないじゃないかと思ったりとか。


こうして、トイレを出るだけでも、時間がかかるわけです。

果たして、一番きたない所って、どこなんだろう?

そもそもきたないって、何だろう?って。

そういうことも、ついつい考えちゃったりして、ますますトイレを出られなくなったりするわけです。

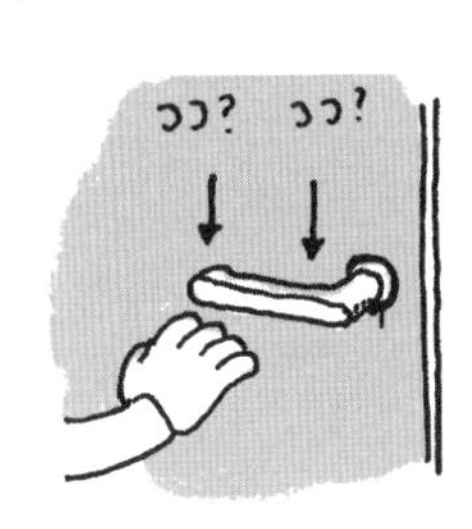

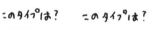

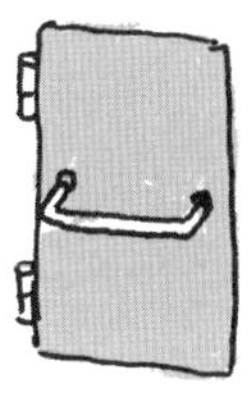

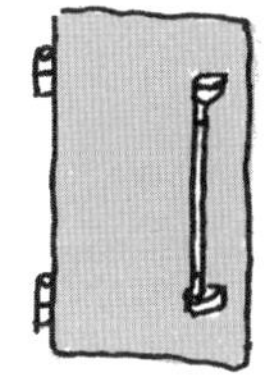

みんなが触るから
きたないのか？
それとも
みんなが触らないから
きたないのか？

いや、別に
いいんですケドね。

心配事を
吸わせる紙

こういう商品

出来たらいいなって、この間、思いついたんですけど。

心配事を吸わせる紙。

あぶらとり紙ってありますよね。ああいう感じで、おでこにピトッとすると、心配事を吸い取ってくれる。

こんなにとれたって、すごい汚ーくなるわけです。

そんな商品があったら、買うなー、って。

常に鞄に入れときたくなるなって。

お風呂入ると、スッキリするじゃないですか。

思ったのは、嫌な気持ちとかっていうのは、実は、身体の内側じゃなくて、外側に付く性質があるんじゃないかと。

お風呂入って身体を洗って、外側をリセットすると、気持ちがスッキリするというのは、単に、肉体的な汚れを落とすという意味だけじゃないんではと。

落ち込む気持ちとかっていうのは、身体の外側に付きやすいんじゃないかと。

なるほど。こういう心配事とか不安とかっていうのは身体の外に付くはずだと、だんだん強固に思えてきて、今に至ります。

で、心配事を吸わせる紙。

これ、誰か作ってくれるといいんですけどね。

明日やるよ。

すごくやるよ。

これ結構、

最近気に入ってるんです。

何かあるとすぐ何回も心の中で、繰り返し呟く言葉なんです。

便利なんで、皆さん、今日これ覚えてください。

もう明日やるよ。すごくやるよ。っていう言葉を三回唱えてから寝るわけです。

明日すごいよ、明日すごいやるからね、っていう。

でも、今日はもう、寝るけどね、っていう。

自分を甘やかす時に、とっても便利な言葉です。

明日やるよ、だけじゃダメなんですね。すごくやるよ、そこに含みを持たせることが、よりこう今の自分を楽にするキーワードなんです。

最近結構、気に入ってますね。

その時 その時に

その場にいない人を

悪者にしながら

なんとかのりきって

いこうじゃないか

その時 その時にその場にいない人を悪者にしながら

その時 その時に

その場にいない人を悪者にしながら、なんとかのりきっていこうじゃないか、っていう。

社会人の方は皆さん、わかると思うんですけど、結局、仕事のスキルってこういうことですよね。

つまり、人生って、こういうことなんじゃないかなって、やっぱり思ったわけです。その場を荒立てたいわけではないし、かといってイヤなこと、納得できないことは多いし。

その場にいない人をどうにか悪者にして、その人の悪口を言いながら、その人が帰ってきたら、別な人の悪口を言いながら、何とか今日も無事にお家に帰れるようにしたいっていう所を目指せれば、大体はいいんじゃないかと思ったんです。

甘やかして
甘やかして

甘やかして

甘やかして、いつかこのコに食べられる。

自分は、多分こういう目に遭うだろうなって思って描きました。

僕は、怒られるのがすごく嫌いなんですけど、怒るのも嫌いなんですよ。怒るのが嫌いだと、怒らなきゃいけない所で、怒れなかったりするわけです。

「いいよいいよ、それでいいよ」って、なっちゃったりする。

で、それって結局、仕事をしてても、要は相手を甘やかすことになるわけですよね。自分がめんどくさいだけなんだけど、「それでいい、それでいい」ってなってくると、全部、自分に返ってくるわけなんですね、最終的に。

「情けは人のためならず」っていうことわざがあります。相手に優しくしたりすることは、相手のためにやるんじゃなくて、それは回り回って自分のためになるからだよ、っていうありがたい言葉です。

全く同じ意味で、逆に人を甘やかすっていうのは、要は自分を甘やかすことにしかならないわけで、人を甘やかし続けると、それは必ず自分の首を絞めるっていうことが、すごくこう身につまされるし、多分僕はいろんな人を、身内を、世間を、社会を甘やかすことで、最終的に食べられる日が来るんだろうなってことをぼんやり覚悟しながら、生きているわけなんです。

あんまりね、それ以上詳しくは言わないようにしましょう。

どうにかして
後悔して
もらいたいのだが、

そんな繊細さは
期待できないのだ。

こういう日だって

あるわけですよ。

どうにかして後悔してもらいたいんだけど、そんな繊細さは期待できないのだ、って叫びたくなるような。

誰かにひどいことされた時には、どうにかして、相手にもひどいことを仕返してやりたいと思うのが人情でして。

それが無理ならせめて、どうにかしてあいつに、「自分は相手に悪いことしたな」って思って貰いたい、そのためにはどうすれば相手が後悔するかなってことを、日々、寝るまでの間に何時間も考えたりする日もあるわけです。

とはいえ、はたと気付くのは、でもそんな後悔とか、たぶんあいつはしないんだよなあ、っていう。

後悔するっていうことの複雑な心の仕組みを、あの人はおそらく持ってない。だから、この計画は頓挫するな、っていうか、その計画を変更するしかないなって。

まあ、相手の後悔を期待するっていうのは難しいな。でもして欲しいな、っていう、その無限ループに入っていきます。

それでまあ寝付きが悪いことったらないんですけど、そういう夜も、ありますって、話です。

もう脱いで
いいですか

これは自分でも

よく思い出せない系の一枚ですね。「もう脱いでいいですか」って言ってるけど、そもそもじゃあ何で着たんだっていう話。

きっとシチュエーションとして思いついたんですけど。何で思いついたのか、この人は何なのかも、よくわかんない。

わかんないんだけど、改めて見ると一コマ漫画として、僕の好きなシチュエーションです。

このせりふがつくことによって、この人は本当は着たくない。だから、目上のより偉い人に、着てからある程度時間がたって聞いてるんだなって、想像できる。

描いた理由は思い出せないんだけど、でもその時、ぼくは何か見たんでしょう。きっかけがあったはずなんですよね。

で、面白い格好をしてる人がいて、その人が一言いうとしたら何が面白いだろうみたいなことを考えたときに、この言葉かなって。

「もう脱いでいいですか」

この一言があるだけで、少なくとも、もう一人の人間が絵の外にいることになる。

小説家のヘミングウェイが酒場で飲み友達と賭けをして、おまえ物語を作る仕事してるんだから、六個の単語で物語を作れるかみたいなことを言われたときに、できるって言って、その賭けに勝ったっていう逸話があります。

ヘミングウェイが作った物語っていうのは、"For sale: baby shoes, never worn"っていう六個の単語。日本語に訳すと、「売ります、赤ちゃんの靴、未使用」っていう一文を作ってみせて、晩年になってヘミングウェイは、あれが俺の最高傑作だって言ったっていう。

要は、どれだけ少ない条件でその奥にある何かを表現するか。

えっ?ていう、突っ込みどころのある、こういう絵をいっぱい描きたいなって思います。脈絡ないんですけど、何か好きなんです。

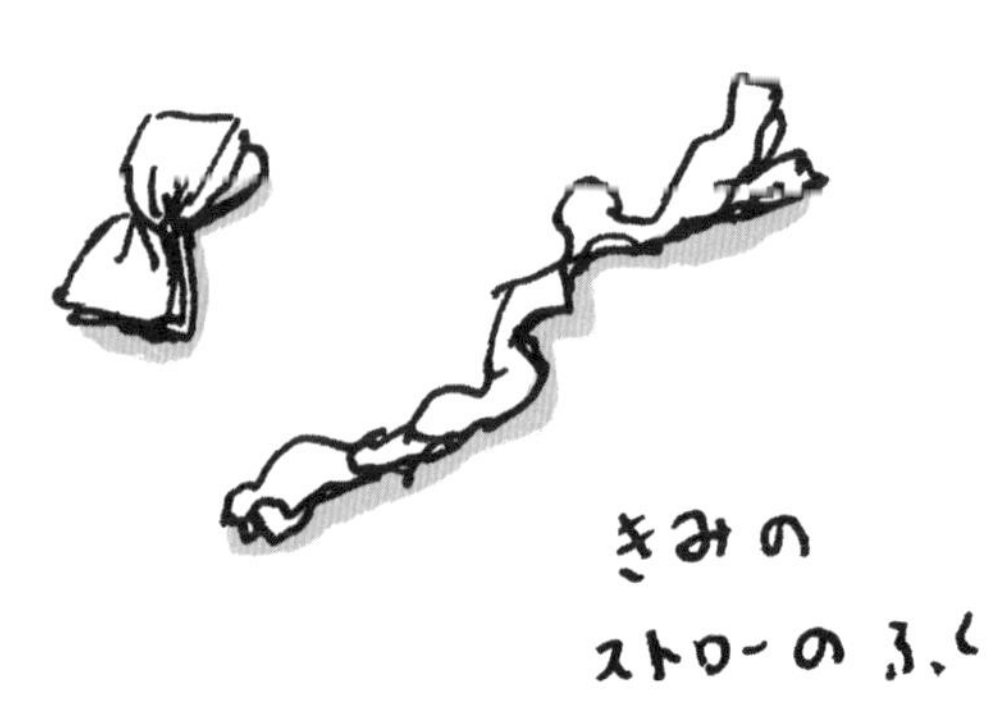

ぼくのストローのふくろとですね、

嫁のストローのふくろが全然違うなって、この間思いまして。

僕なんかは。ストローが紙袋に入ってるじゃないですか。細長い奴に。あれからストローをブシュッときれいに出した後のふくろは、絶対、こうやってちっちゃくきゅっとしたい。なんかそういう奴なんです。

でも。おそらく大体の方は、くしゃくしゃのふくろはそのままなんです。

もちろんいい悪いじゃないんですけど、気がつくとあっちのふくろをじっと見ちゃってる自分が居て、さっきからふわふわして、今にも飛んで行きそうな紙袋が気になってしょうがない。

ところが、全くそれが気にならない人が世の中にはいて、そういう人と結婚まで出来るっていう、そういう人生の奥深さに、改めて感動したりもします。

ある編集者さんと、この間、話をしていました。

三個パックのヨーグルトがあって、くっついて売ってるじゃないですか。一つ食べました。残り二つ繋がって、下に紙の台座が付いて、冷蔵庫に入ってます。

二つ目を食べた時、その台座をどうするか問題があって。

で、その編集者さんは、凄く律儀な方で、それはもう一つ目を食べた時点で、つまり残り二つになった時点で、捨てますよね、って言うんです。

で、僕も賛成なんです。

買ってきたら、三つ並んでて。一つ目を取った時、残り二つなのに、三つ並べるための台座が残ってることが、もう許せないわけです。

でも、うちの嫁なんかは、最後の一つになっても、全部がーんと残ってたりして、いやあ世界って広いなあというか、こういう身近に、そういうわからないことって、あるんだなあっていう。

最も自分にとって遠い所、物っていうのが、世界の裏側まで行かなくても、もう家の冷蔵庫の中だけで一杯あるわけです。

自分にとって遠い部分が、実は身近なあちこちに転がってるなあってことを、ストローのふくろ一つにしても、思っちゃったりするわけです。

世の中の悪口を
言いながら、

そこそこ幸せに
暮らしましたとさ。

世の中の悪口を言いながら、そこそこ幸せに暮らしましたとさ、

っていうのが、理想の老後だなって思ったりするわけです。

普通に世の中の悪口を言いながら、日々過ごせるって、一番の娯楽が残っているということですよね。

何でもかんでも、全て手に入れた人が一番最後に何するかって言ったら、何か身近な人の悪口を言うんですよ、やっぱり。

どんなに満ち足りた状態でも、

何か足りない物をつい探してしまう。何かに対して不満を述べたくなってしまうっていうのは、人間の心のありようとして、やっぱりあるはずなんです。

ずっと、全てに満足していられないわけですよね。どっかに不備な部分を見つけて、そこが気になってしまうというのは、なんか人の業の深さの一つなんじゃないかなと思うんですけど。

だから、ご近所の悪口が言える人って、やっぱり世の中で、一番幸せなはずなんです。

それ以外が、全部満ち足りてるわけで。

思いうかぶことが近所の悪口くらいしかないってことは、相当トップステージにいるはずなんですよね。

でも本人は全然そんなこと思ってないんですけど、よくよく考えてみると、そういうことなんじゃないかと、思ったりするわけです。

7時って、くつしたみたい

これはね、この間、思って。朝、起きた時に、時計にくつしたがくっついてるように見えたんです。

よく見たら、7時だったんですね。あ、7時って、くつしたみたいだなって思って。

これはちょっと、そんなこと思いつく俺って、可愛いなって思ったりしたんですけど。

だからどうしたって言われると困っちゃうんですけど、こういうちっちゃい発見も大事かもしれないって話です。

謙虚さを保つ
クリーム

たっぷり
ぬります

謙虚さを保つクリームっていうのがあれば、欲しいですよね。

たっぷりぬりたいなあ、って思います。

化粧品て、おもしろくないですか。女性の方は、何かいろんなものをぬるじゃないですか。

シンディ・ローパーっていう凄くエネルギッシュな歌手の方がいらっしゃって。その人が、結構な年なんですけど、雑誌のインタビューで、「エネルギッシュに活動されてるけれど、若さの秘訣は何ですか?」っていう質問に対して、「いろんなクリームをぬりたくるのよ」って答えてて、カッコいいなあって思って。

その通り、もうそれ以上でもそれ以下でもない、その答えが凄いカッコいいなあって思ったんです。

もしいろんなクリームをぬって、それがお肌の潤いだけでなく、心の謙虚さも保てるような物であれば、僕もぬりたいなって思いました。

どうも。ヨシタケです。また出てまいりました。

このスケッチ、なんでこんなことを続けているのか、ということなんですが、理由が2つ、あるのです。

「言葉」が先に思いつく場合と、「絵」が先の場合。両方あります。

運転中に思いついちゃうと、スケッチできないので困ります。

1.

ひとつめは、「描いておかないと忘れてしまうくらいどうでもいいことを記録しておきたい欲」があるからです。

あ！あのオジサン
道を教えてあげてるけど
たぶん伝わってない！

すごいどうでもいいけど
なんかおもしろいから
スケッチしとこ！

2.

日々、生きていると、その99％は
「どうでもいいこと」であって、いちいち
おぼえている意味も価値も無いの
ですが、

イスの下で足は
どう置かれているか、とか

バイトの面接中の人は
どのくらい背すじが
伸びてるか、とか

あの時計は
いつから傾いて
いるのか？とか

3.

その、「どうでもいいこと」の中に、実は
「その人らしさ」とか、「人間らしさ」なんかが
にじみ出ているハズで、そのカケラを
コレクションすることで見えてくるものも
何かあるんじゃないか、というボンヤリした
期待があるのです。

スッゴイ
どうでもいいことに
気付いたぞ！

簡単に言うと、「貧乏性で
ものが捨てられない」んですね。

心の中に
ゴミやしき！

4.

サテ、第2章では
子育てをしている中で
気付いたことを中心に
まとめました。

ドーゾー

第2章

父だから考えちゃう

最初は、見たまんまのネタです。

お熱はかり中。

体温計さすと、ぴょこーんって服が出っ張る。それが、かわいいなって思って、そのまま描いただけです。

で、服を脱いだらこういう状態です。

息子の髪を
洗うと、

必ず途中で
アクビをする

うちの

上の息子は昔、髪の毛を洗うと、洗ってるときに必ずあくびしてたんです。リラックスして、眠たくなるみたいで。

他の子どもはどうなのか、聞いてみたくて描いてみました。

今しかないのに
もったいないのに

大事にできない
やさしくできない

なぜかしら

もういろいろ、

いらいらすると、子どもに優しくしてあげられなくて、いかんなあっていう。でも、ちょくちょくあるんですよ、こういうことが。

向こう向いてるのが僕ですね。で、仕事部屋に、ちょいちょい入ってきちゃう。

何かすごい面白いことを言ってるんだけど、こっちが仕事中だったり、いろいろと重なっていらいらしてたりなんかしてると、無下に扱うんですけど。あとでやっぱり、こう思う。

これ、今しかないのに、もったいないのに、大事にできない、やさしくできない、なぜかしら?って。

本当に今しかないことなのにっていうのは、わかってはいるんだけれども。こっちが面白がる余裕がない。

だから、そのときにわかってあげられなくてごめんねって、今になったら思うんですけど、当時は本当に心からいらっとしてしまう。

そこのいかんともしがたいけど、確実に存在してしまう気持ちというか。これがもう一個二個何か重なると、もう本当によくないことになっちゃうけれども、そのグレーな部分こそ、ザ・育児ですよね。

裸シートベルト

裸シートベルトって

何かっていうと、先日、家族で車で出かけて、子どもが川かどっかで遊んでびったびたになったんです。川とかに行く予定じゃなかったから、着替えを何も持ってきてない。でも服がびったびただから、嫁が「そのまま乗るな」と、あんたたち全部脱ぎなさい、と。そのままで帰ろう、っていう。その時の、一コマです。

運転しながら気になって。後ろ見たら、素っ裸でシートベルトしてるのが新鮮だったんですね。裸エプロンって聞くけど、裸シートベルトって初めてだなあって。

こういう状態で、うちまで帰りました。

子どもはぬれてたら全裸にできるっていう、それはすごいですよね。子どもならではです。（ウチは二人とも男子だから、っていうのもあります。）

道で、お母さんがちっちゃい子をだっこして歩いてるんですけど、男の子の靴が片方ぽとっと落っこっちゃったんですよ。ぶらん、ぶらん、ぽとって。

落っこったんだけど、お母さんは落っこったことに気づいてない。でも男の子は気づいてるんですね。でもまだしゃべれない。これが事件だっていう意識もない。

だから、ぽとんと落ちて遠ざかっていく自分の靴をずーっと見てる。別に、何が起きてるかわかってない。ああって、すーっと目で追いながら遠ざかっていくんですね。

僕は、あ、落ちたって、ずーっと目で追いかけてて。落ちましたって、すぐ言った方がいいと思う一方で、もったいなかったんですね。言うのは後でも間に合うから、もうちょっと見ていたいって。美しいって思いました。

遠ざかっていく親子と一個残った靴。やっぱり子育てしてると、片っぽの靴がなくなったりするんです。そのまさになくなる瞬間を初めて見られたんです。いつなくなるんだろうって思ってたんだけど、こういうときになくなるんだって、事件が起きたその瞬間、生の現場を見られた。すごくいい場面だったなあと、嬉しくて、その感動で描きました。

で、肝心の靴は、別の見てた方が拾ってあげたんで事なきを得ました。

ちぎって
ちぎって
食べさせてよ

これも

いいシーンだったんですね。下の子が、風邪引いて。マスクして、ずらしてますけど、横になってて。

「ミカン食べるか」

「食べる」って言うから、ミカンをむいて、はいって丸ごと渡したら、「ちぎってちぎって食べさせてよ」って。一フサずつ渡せという。

こっちは、自分で食べなさいよってつもりなのに、急に、具合が悪いふうに装ったりして。

本当は、もう元気出てるんですよ。出てるんだけど、せっかくだから、もう一段食い下がって、ちぎってよと言う。その子ども心というか、そのずるしようとする感じが、面白かった。

下の子が、風邪引いた時。

処方された粉薬で、「お薬飲むよ」って口にばーって粉入れて、ペットボトルの水を飲ませた。その飲み終わったあとの水が、スノードームみたいになるんですよね。

結構な割合で口の中の水が戻るんで。この一連の流れを見てて、すごいなと。

ちっちゃい子が飲んだお水を回し飲みするときに、「うちの子が飲んだあと、飲みたくないのよねえ」って、あるお母さんが言ってて。

わかるわかるって思ってたんですが、粉薬を飲んだ時に、ついに、可視化されました。いつも、こんだけ戻ってんだ、なるほどって。

パンツを脱いで、でんぐり返しして、お尻の穴を全開にして、ねえ、うんちついてる？っていう。ショッキングなシーン。

子どもってすごい、このさらけ出し感。この無防備感。これもう大人にはあり得ない。身体柔らかいし。

この、うんちついてる？っていう、罪のない感じ。これはやっぱり描きとめずにはいられなかったです。

もータクマ！
オマエ クチのまわり
ケチャップ
だらけ
じゃんよ！

結婚する前、ショッピングセンターとかにあるフードコートってすごい嫌いだったんです。何か騒がしいし、ごちゃごちゃしてるんで。それが、子どもができると、よく行くようになって、大好きになりました。

みんなしっちゃかめっちゃかで、みんなうるさいから、逆に家族連れは安心できる。

で。ヤンキーっぽいお母さんが子どもに、ハンバーガーか何かを食べさせてるんだけど、「もータクマ！　オマエ、クチのまわりケチャップだらけじゃんよ！」って怒りながら、子どもの口ふいてるん

もー タクマ！ オマエ クチのまわり
ケチャップだらけじゃんよ！

だけど、ちらっと見たら、そのお母さんも口のまわりにいっぱいケチャップが付いてて。

親子だなあと思って。ケチャップだらけの口で怒りながら、ケチャップだらけの口をふいてる。いいねえ、茶髪似合うねえって思いつつ、でも優しいお母さん。

口がすっごい悪いんだけど、子どもを大事にしてる感と、懐の深さがにじみ出てて。そのシーンをその夜に思い出して、そういえば描きとめてなかったなと思って描きました。

ラーメン屋さんで
アメをもらった子の
うれしそうな顔。

信じられるものが
あるとしたらきっと
こういうことなのだろう。

ラーメン屋さんでアメをもらった子の
うれしそうな顔

ラーメン屋さんで

アメをもらった子のうれしそうな顔。信じられるものがあるとしたら、きっとこういうことなのだろう。

どっかのラーメン屋さんに行ったら、僕の前に並んでた家族もやっぱり子どもがいて、そのお子さんは最後にアメをもらえるって知らなくて、で、アメもらったら、すっごい、やったあって、にこーってして、かわいかったんです。

信じられるものはこういう笑顔だよなあって。それも、アメ一個でね。

一方で、アメ一個でそんなにうれしいんだ、っていう、何か大人側の汚れた感。

大人達は今やもう、幸せになるのに一、二万円必要じゃないですか。学生の頃は二千円ぐらいで幸せになれたのに、大人になると幸せのインフレが起きるわけですよ。同じ喜びを得るのに、よりたくさんお金が必要になってくる。

それが、この子は本当にアメ一個で心から笑える。もうなくしちゃったなあって思いました。

プンちゃん
はさまっちゃってるよ？

だいじょうぶ。

プンちゃん
いたいの
だいすきだから。

下の子が

亀のぬいぐるみを買ってもらって、プンちゃんって名前をつけたんだけども、当然すぐ飽きるわけですよ。で、どっか置きっ放しで別なことして遊んでて、プンちゃんが何かの下敷きになってたんですよね。

こないだ、あんなに欲しいって言うから買ったのにって思って、「プンちゃん、はさまっちゃってるよ？」って言ったら、「だいじょうぶ。プンちゃんいたいのだいすきだから」

すごくないですか、この感じ。その設定。

物語をあっという間に自分の都合のいいように作ったんです。

その素早さたるや、大人もびっくり。あのパワー。びっくりしました。

ぼくが

二階から降りてきて、あ、寝てる寝てるって、近くに座って、どうりで静かだと思った、って、ふっともう一度見たら、片目でこっち見てて、うわっ、起きてたってびっくりしたっていう。

目覚めたけど、このままちょっと寝たふりしてて、自分が寝てる間に何が起きてるか見てやろうみたいな、探究心というか、何かのぞき見感覚というか。

ああ、ぼくもやってたやってたって、自分のことも思い出して描いたんですけど。

自分は見てるけど、自分が見てることに気づかれてないわくわく感みたいな。

それがうれしかったわけですね。

ちっちゃい子は、

二人に両手をつかまれると、急にちゃんと歩かなくなるっていう法則。

体重を預けて、急にずるずるってなるわけですよ。ちゃんと歩けって、ぐって引っ張られるんだけど、でもちゃんと歩こうとしない。

自分も、子どもの頃に両親から両手つかまれたら、うれしかったなあ、と。ぶらんぶらんやってほしかったなあ、と。

片手で手をつながれてるとちゃんと歩くんだけど、両手持たれた瞬間にもうイベント化するっていうシーンですね。

どっかの公園に子どもを連れてったんですよ。

ところが、その公園、遊具が何もなかったんですね。やっぱり遊具ないとつまんないんで、「なんにもないねえ」って言ったら、「へんてつもないよ！」って怒った。（笑）

なんにも、に反応したんですよね。「なんの変哲もない」っていうのをどっかで覚え、使い方知らないけど、ちょっと使ってみたくなったっていう。

なんもないってことはへんてつもないって。そこだけは多分やんわりわかってるんですかね。

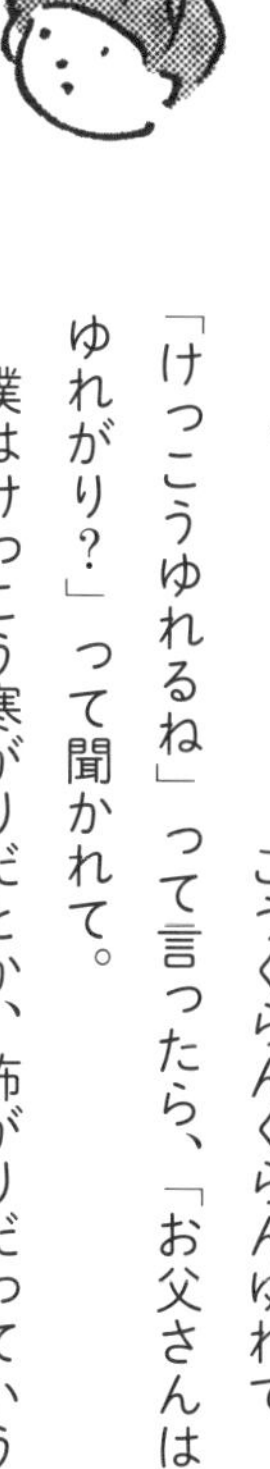

船に乗った

んですよね。そしたらけっこうぐらんぐらんゆれて、「けっこうゆれるね」って言ったら、「お父さんはゆれがり？」って聞かれて。

僕はけっこう寒がりだとか、怖がりだっていうことを自分でよく言うんですよ。

これぐらいの子は、やっぱり面白いです。

よごれて
洗って
よごれて
洗って。

いい感じに
なりなさい。

よごれて洗って

よごれて洗って。いい感じになりなさい。

これは、大人としての若者に対するメッセージというか。よごれたら洗えばいいじゃないみたいな、慰め方を思いついたんですよね。

僕も、あれしたらよごれちゃうしなあとか、汚くなっちゃうしなあとか思ったときに、洗えばいいじゃないって自分で思ったときがあって、それをこれぐらいのいいおばちゃんに言われたら、ちょっとほっとするかなあと。

そうやってよごれて洗ってよごれて洗ってってやっていくうちに、だんだんいい感じの風合いになるじゃない、その風合いはよごれたり洗ったりを繰り返さないと出てこないのよみたいな、そういう、ヴィンテージ物みたいな人になりなさいってことですよね。

よごれて洗ってよごれて洗って。いい感じになりなさい。

とても気に入って、
大好きになっちゃって、

よごれるのがイヤで
一度も使えなかった、

そんなものたち

とても気に入って、

大好きになっちゃって、よごれるのがイヤで、一度も使えなかった、そんなものたち。

大事すぎると身近にいられないというか、一緒にいられないみたいなところがありませんか。

本でも、おもしろいけどどうでもいい本って何回も読んでぼろぼろになるけれども、すごく自分の影響を受けた本ってめったに読まなくて、ずーっと本棚に入ってるじゃないですか。

どっちが本にとって大事なのか、幸

せなのか考えたとき、そういうなんかどうでもいいもののほうが、よりその人の近くにいられる不思議さ。

その人に好かれすぎたり大事にされすぎたりすると、その人とは近づけないっていうか、それはそれで大事にされてるんだけど、なんだか不幸だなって思いました。

とても気に入って、大好きになっちゃって、でもよごれるのがイヤで、一度も使えなかった、そんなものたち。そういうものたちが世の中にはいっぱいあるんじゃないでしょうか。

おもちゃとかだってありますよね。

大事すぎてちゃんと使えない。でも、せっかく買ったのに何で使わないんだ、みたいに言われる。違うんだよ、そうじゃないんだよ、そういう齟齬（そご）ってあるよなあって思い出しました。

野球のバット。買ったらすぐ使う子もいるし、ぴかぴかだから一回でも打ったらボールの跡なんかついたりして嫌だって、なかなか使えない子もいる。

知り合いの話で、その人は何か買ってもらって、大事にしたいんだけれども、どうしても最初の傷がつく。でもその最初の傷がついた途端に、がっと愛着がわく、これ私のって。じゃあ一緒にちょっとずつ傷ついていこうって。一緒に歩んでいく覚悟がそこでできるらしい。なるほどな、って思いました。

新品は傷がつくまで、ちょっとまだ心許せない感じみたいなこと、ありますよね。ものに対してもそうだし、人に対してもそうだし、そういう価値観の揺れ動きって、おもしろいですよね。

どうでもよすぎて
言わないこと
大事すぎて
言えないこと

そういうものに
言葉をつけて
いきたい

どうでもよすぎて

言わないこと、大事すぎて言えないこと。そういうものに言葉をつけていきたい、っていうのは、やってる絵本の仕事とかって、こういうことなんだろうなって、最近すごく思いまして。

　この絵自体は、砂糖壺なんですが、特に意味はないんです。言葉を先に思いついて、何か描いとかなきゃと思って、何とも取れるし何とも取れない絵を描こうと思って描いたのが、これなんです。多分思いついたのがコーヒー屋さんで、目の前にあったから。

　どうでもよすぎてわざわざ言わないこ

と、大事すぎて言えないことっていうのが世の中にはいっぱいあって、その両方に丁寧に一つずつ言葉をつけていく作業っていうのが、僕がやってて楽しいことなんじゃないか。絵本でやりたいのは、つまりそういうことなんじゃないか。

普段消費されていく、やり取りされてる言葉のほかに、言葉にされていないものがある。言葉にする価値がないって思われてることと、怖くて言葉にできないこと、その両側に、言葉にされてない未開拓の部分もたくさんあるはずで、そういうところにちょっとずつ丁寧に言葉をつけていく作業っていうのが、ひょっとしたら作家の方々がやっていることなんじゃないかと思うし、そういうことを絵本でできたらいいなあと思ったという、そういうことですね。

この絵では、言葉って書いてますけども、それが絵だったり、その他の表現方法ということもあります。表現されてないこと、する価値がないとされてることに、ちゃんと言葉なり絵なりを定着させていくっていう作業が、表現するっていうことの一つの側面なのかなと思ったっていうことです。

めずらしく大雪がふった翌日。
まだ誰も踏んでない場所を
見つけたワクワク感、みたいな
ことでもあります。

ハイ。ヨシタケでございます。

先ほど「スケッチを続ける理由」が
2つある、という話をしました。

その2つ目が何かといいますと、

「自分のテンションを上げるため」

なんです。

1.

私はとても心配性でして、不安になりやすく、
「悲しいニュース」とかに弱いのです。
自分に関係無くても、すぐに落ちこんじゃったりするのです。
想像力って、いいことにも悪いことにも
使えちゃうんですね。

2.

しかしそんなことでは社会人として
やりにくいことも多々あるので、
常に「自分をはげまし続ける」
必要があるのです。

お客様の中で
どなたか、
私をはげます
小話をお持ちの方は
いらっしゃいませんか?!

3.

「ホラ、世の中、思い通りにいかないことも
悲しいこともたくさんあるけれど、
探してみれば、見ようによっては、身の回りの
どうでもいいことをいくらでもおもしろ
がることができるじゃないか」
「世の中、捨てたもんじゃないかも
しれないじゃないか」と。

ささいなことに
ヘコむけど、

ささいなことで
救われる

4.

ほうっておくと、どんどん下がってしまう
気持ちが、スケッチで自分をはげまし
続けて、やっと０に戻るのです。

5.

「おもしろいことをたくさん考えて、
毎日楽しいでしょう？」なんて言われる
こともありますが、実は逆でして、
すぐに「もうダメだ」となってしまう
からこそ、必死になって楽しいことを
考え続けないといけないんですね。

ああ、だから
「幸せな時は
スケッチを描かない」のネ。

そうなのよ。

6.

つまり これらのスケッチは
「自分を楽しませようとした記録」
であり、
「精神衛生上、必要なリハビリの
ようなもの」でもある訳です。

人のために
描いたものでは
ないので.
「おもしろい」と
言われた時には
ホントーにビックリしました

7.

だからこの先、絵のお仕事をもらえなく
なったとしても、きっと私はこのメモ帳を
手ばなせないのです。

違うわよ!このおじさんは
きっと「そんな弱いボク」を
装って、「あわよくば
モテたい」と思っているのよ!

ウフフ。ホラ、
なんかめんどくさい
でしょ?

8.

サテ、第3章では
より、めんどくさい感じに
なりますヨ。

第3章

ねむくなるまで考えちゃう

できないことを
できないままに
するのが
仕事

ここからは

もう少し深く、みなさんと考えすぎちゃおうということで、まずは、お仕事について。

できないことをできないままにするのが仕事っていうのは、ものすごく反論のありそうな言葉かなと、思います。

できないことをできるようにするのが仕事だというふうに、言われてることが多いような気がするんだけれども。

例えば、作家の人なんかは、要は自分ができないことっていうのを、一つ強みにしてる部分も多分あるはずで。

つまり、自分のできないことをできないままにしておくっていうのが一つ、その人の作家性みたいなものを保つことになるんじゃないのかなと、ちょっと思って、この絵を描いたんです。

何でもできるようにするんじゃなくて、自分ができないことっていう短所を、どう長所に変えるかみたいな部分が、案外、誰にとっても大事なんじゃないかなと思って。

できないことをできないままにというのは、要は、自分にないものを探すのではなくて、持ってるものを磨くみたいなことの、一つの言い方です。

僕のことで言うと、絵に色をつけるのが苦手で、あるときまでは悩んでたけど、人に任せちゃうことにしたら、それ以外の部分に集中できて、いろいろとやりやすくなりました。

だから、ここまできたら、僕なんかは、できないことは本当にもうできないままでいいんじゃないのかと思ってます。

自分のできないことをどんどんつぶしていって、できることを増やしていくのが仕事の人もいるんだけれども、でもあえてそこをせずに、できないことをそのままにするっていう覚悟の決め方、そういう立ち位置もひょっとしてあるんじゃないか。

そういうふうに思えたら、すごく楽になる人はきっといっぱいいるんじゃないでしょうか。何事もバランスなので、言い方が難しいですけどね。

「嫁に反抗できない」からこそ
できるようになる「別の何か」を、

あなたの
おかげで私は
とうとう
あなたが必要
なくなりました。

今まで 本当に
ありがとうございました。

あなたのおかげで

私はとうとうあなたが必要なくなりました。

今まで本当にありがとうございました。


「これは、親の話ですか？」って、聞かれました。

なるほどとも思ったんですが。違うんです。

影響を受けた作品なんです。

中学生ぐらいの頃にすごい影響を受けた作品っていうのを、久しぶりに見て、あ、もう要らないなって感じたときに、こう思いました。

その作品のおかげで、自分はすごく影響を受けて、今の自分があるんだけれども、やっぱり自分の中でその後いろいろと発酵して、自分なりの好みがまたいろいろ変わっていって。

で、昔はその作品が自分にとってすごく大事なものだったけれども、あなたのおかげで私はあなたがいなくても大丈夫になりましたっていう、その作品に対する感謝みたいなことなんです。

あなたのおかげで私はとうとう
あなたが必要なくなりました

ただ、こうやって言葉にしてみると、たしかに親のことだよなとも思うんですよね。彼氏、彼女かなとか、思う人もいるかもしれない。

付き合った人、自分に影響を与えた人。

本当にあなたのおかげで、もう私はあなたが要りません、って。でも、あなたのおかげなのは間違いないから、本当に今までありがとうございました、っていう。


一つの成長の証ということでしょうか。

何か今までで一番大事なものが要らなくなった瞬間、そこを卒業するときが誰にでもあります。それを自覚したときに、やっぱり最終的に感謝の思いだけが残る。

主語が描いてない。あなたが何なのか描いてないことで、親にも見えるし彼氏にも見えるしって、僕の絵の描き方の癖って、こういうことなんだなとも、ちょっと思いました。

幸せとは、

するべきことが

ハッキリすること

幸せって

いうものの概念をいろいろ考えたときに、結局、何かがハッキリするとき、何かを決めた瞬間が一番楽しいんじゃないかなって、結論になりました。

今日は、冷やし中華にしよう！　みたいな、そのときが人間、一番盛り上がってるんじゃないか。

幸せとは、するべきことがハッキリすること。よし！　決めた！と。

ていうか、結局、決めたことをやったらやったで、うまくいかなかったりもするんだけれども、こうすればいいんじゃないかなって、自分の中である程度方向が、それこそ覚悟が決まった瞬間が一番、幸せって言われるものに近い心理状態なんじゃないかなって思ったんです。

じゃあ逆に言うと、何か幸せじゃないなって思ったときは、とにかく何か決めればいいのかもしれません。晩ご飯は外で食べる！だけでもいいし、それこそ、よし、今日は中華だ！でもいいし。

そう、何か決まってない状態、どうしようかな、あれもできるし、これもできるしになっていう状態は、不安がつきまといますよね。

で、僕にとって若さっていうのが、そういう状態だったんですよね。

若いと、あれもできるし、これもできるし、今からあれになろうと思えば、まあできなくもないしって、選択肢がものすごくたくさんあるときって、逆に、もう何か不幸なんですよね。どうすりゃいいんだよって。

あれもできるし、これもできるってなったら、全部やんなきゃいけないのかよみたいな感じになってきて、何かその可能性がたくさんあることが苦しみだったんです。僕の場合は。

で、年取ってきて、いろいろ経験を積んで、いや、もう今からあれは無理だし、これもダメ。なら、俺、結局あれとあれしかできないよな、ってことは、これとこれだけやっとけばいいんだよなって思ったときに、すごく救われました。

だから僕にとっての幸せは、選択肢を強制的に減らしてもらうことだったんです。これとこれはもうやんなくていいからね。あれもできないから。こういうこと無理だよなってなって、どんどん減ってきたとき。

俺、これとこれだけでいいんだよなってなったときに、すごく何か幸せになりました。

若いときの何でもできることが、活力というか、生命力というか、やる気につながる人もいるし、僕は逆に何かその何でもできる状態が、可能性がありすぎることが、とにかく怖かったんですよね。

あなたは、どっちですか？

このこどく感は

きっと何かの

役に立つ。

役に立たない訳

ないじゃない。

こんなに

モヤモヤ

してるのに。

これも同じような

感じです。前と違う言い方をしてるだけで。

このこどく感はきっと何かの役に立つ。役に立たない訳ないじゃないか。こんなにモヤモヤしてるのに。

これは、本当に僕の考え方のすごくコアになる部分に、すべてのものが何かの役に立てられるはずだっていう、何か信念みたいなのが、あるんですね。で、いろんなことが信じられない僕ですら、何かそこは信じられてしまう気がしていて、それこそ、明日何かいいことを思いついてしまうかもしれないってことにもつながるんだけれども、どんなことでも、要は自分の考え方一つで、何か有効活用できるはずだと。そうじゃなきゃ、いやだと。

すべての経験は回収できるはずだ、と思うように、多分人間の心ってできてるんじゃないかって。どうでしょう？

いろんな紆余曲折があったけど、結局あの道は通ってきてよかったと思うんだよって、いい年になると、みんな言うわけです。

意地悪く考えると、それはそれこそ二十代は全く無駄だったって言うわけにはいかないですからね。

ま、やっちゃったからね。で、やったものの中から自分はできている。で、人間って、それは自分にとってプラスだったんだって思い込もうとするわけです。

自分の人生は、無駄じゃなかったはずだって思いたいわけですよね。

そこを逆に言うと、役に立たないって思いたくないってのもあるけど、役に立ててやるぞって、転んでもただでは起きてなるものかっていう何かそういうものも、やっぱり僕は人一倍あって。

孤独感だって、何か役立ててやる。もっと言うと、仕事にしてやる。劣等感だったりとか、ねたみみたいな気持ちも、お金に替えてみせるみたいな（笑）、しょうもないプライドみたいなものがあるんです。

でも、やっぱりもやもやはもやもやで、そのときは、もやもやしてる。でも、そのもやもや感を、「というわけで今日は一日もやもやしました」、で終わらせたくない。今日はもやもやしたけど、これは貯金として、ポイントとしてたまりましたとしたい。で、明日すごいやるよって、思いたい。

二、三カ月後、それがちゃんと発酵して、ちゃんと何かアイデアになりますよ、だから今日のもやもやは、何も仕事してないみたいだけど、仕事したってことにできますよ。何か役に立ちますよ、って思っておかないと、その一日が終われない。そういう単純な話でもあるんです。

ボクは

あやつり人形。

誰か あやつって

くれないかな。

ボクはあやつり人形。

誰か、あやつってくれないかな。
こういうふうに思ってる人、実は、けっこういるんじゃないでしょうか。

僕は、昔から本当にそうでした。

誰か、決めてくれたらいい、そうすると、うまくいかなくても人のせいにできるっていう。自分で責任取りたくないんです。でも、誰か決めてくれたらそれは一生懸命やる。

考えれば考えるほど、決められなくなるってことありませんか。

僕は、何か決めようとするとき。すべての選択肢の、いいところと悪いところを全部リストアップしちゃうんです。で、総合点をそれぞれ計算するけど、困ったことに、意外にそんな大差ないんですよ。だから結局は、運になっちゃうかと思うと、点数でも決められない。

で、決定する勇気が、どんどんなくなっていく。

何となく決めちゃったとしても、決めたあとでもずっと、総合点の計算をやめられないんですね。そうすると、いつまでたっても自分の選択に本腰入れられない。

だったらもう誰か、外からの命令があれば、こっちは納得できるんです。もう、あの人にそう言われちゃったからっていう後ろ盾があれば、それに集中できるんです。

そしたら、知り合いの編集者に、そういう作家って、実はよくいると言われ、びっくりしました。

奥さんがマネジャーみたいなことをやってて、この仕事がいいとか、こっちはダメとか、奥様の趣味でどんどん決まっていくらしい。だから、そう考えると、実は、僕は、作家っぽい人間なのかもしれないのです。

例えば小説があって、そこにいくつかさし絵を入れるって仕事を貰ったとき。どこでも好きなところに、ヨシタケさんがここだと思ったところに絵をつけてくださいって、言われるときがあるんですけど。

全部任せてもらって、わかった、全部読んで、じゃあここと、ここと、ここ、俺、気に入ったから、ここと、ここと、ここに絵を描くっていうイラストレーターさんもいると思うんですよ。

でも、僕は違います。

言ってください、ここところここに絵をつけてくださいって。で、ゲラに、最初からスペースを入れておいてくださいと。

だって、どこのシーンにも絵はつけられるんです。絵を描く仕事をしているので、どこでも掬いようはあるんです。

それを、何でもいいって言われると、まず全ページ考えないといけない。全部考えて、そこでどっちがおもしろいかって、トーナメント戦をするようになってしまう。

で、これのほうがおもしろいとか、こっちはつまらないから、じゃあやめようとかやって、たった三つ描くために、百個以上考えないといけなくなる。自分でも、すごい効率が悪いと思う。

むしろ、ここところここって決めてくださいって。そうしたら、その前後で、そこにあるべき一番いい絵を提案できます、って。

選択肢は狭ければ狭いほど、こちらとしては幅が広げられるんです。

そういうタイプの人間は、条件が、お題が多ければ多いほど、多分クオリティは上がるんですよ。その状況を満たすにはどうすればいいか、かつその条件に挙げられてないことをどう盛り込めばいいかっていうところに集中できるので。僕もそういうタイプです。なので、編集の人には、全部言ってください、そこにベストを入れますよと、そう言います。

じゃあ、そういう人の、仕事以外の日常の生活はどうなのか?

僕は、ほとんどすべて嫁に決めてもらってます。

フォーマルな場所ではこれを着るとか、休日の予定とか。

今日、外出するよ、って言われて。ああ、わかったって言って車に乗るけど、ハンドルを握るまで、実はどこに行くか知らないことも多いです。

とにかく、僕、決めるのが嫌いなんですよ、本当に。

だから、テレビやスマホのゲーム、将棋、トランプとか大嫌いです、こっちとどっちを取るかみたいな選択の連続だから。次、捨てるもん決めなきゃいけないですからね。全然楽しくないんです。

それよりは、決まったことを全部見せられる本とか映画とか、再生ボタンを押すだけのものが大好きなんです。

しかし電車に
乗っても
「反対側の窓の方が
景色がキレイなの
では？」と、ずっと
気が気じゃないの
です。

要するに一本道がいい。小説や映画のドラマは、おもしろいけど一本道をいくわけですもんね。途中で、枝分かれしないし、見てる人に選択を迫らない。だから、道を自分で決めなきゃならない車の運転は嫌いなんです。電車のほうが全然好きで。敷かれたレールの上に乗るのが大好きなんですよ。

唯一、車で好きなのは、カーナビが「この先、五キロ以上道なりです」って言ってくれたとき。ほっとするじゃないですか。五キロ、何も考えずに、真っすぐ進めばいいんだなって。

とにかく、自分で選べって言われると、もう選べなくなります。我ながら、厄介です。

今日は、これを食べましょうっていうふうに言われるのが好き。逆に、何が食べたいですかって聞かれると困るんですよ。何を出されてもおいしく食べるんです。絶対、文句は言いません。

何がきても楽しめる自信はあるんです。与えられたものを楽しむのが好きなんですね。

けんかとかも基本しないです。自分の意見を相手にぶつけるっていう選択肢がないので。ただ、けんかしないって言うと、じゃあヨシタケさん、平和主義者なんですねって言われたことがあって。いや、違います、全然。僕はとにかく場を荒立てたくないので、人の命令をこなすだけなんです。

だから、たぶん戦争とかにいって、上官に、敵を殺しなさいって言われると、上官の命令をきれいに遂行するはずなんです。

しかも、それが戦後になって責められたとしても、いや、だって命令だったんだもん、って思うわけですよね。どんなひどいことで、自分の手を汚していても、俺が決めたんじゃないもん、やれって言われただけだもん、仕事だったもん、当時っていう。そうやって自分を守ろうとするはずなんです。我ながらゾッとしますが、そういう人って、意外とたくさんいるんじゃないでしょうか。戦争って、だからこわいんでしょうね。

そんな訳で、決めるのが好きな人と一緒にいたら、ばっちりです。嫁は、自分で決めるのが好きだから、そういう意味ではすごく相性いいんですよね。ずっと生返事して、大事なことを決めてもらってきて、今に至るので。生返事人生。

こういう生き方はよくないって言う人が、絶対いると思うんですけれども、僕自身は、誰に押しつけられたのでもなく、僕が心地よく生きるためにそうなった。自然とそういうふうに進化してったと思ってます。だから、全然やらされてる感はないし、結婚したらしたでおもしろいことも見つけるし、子どもできたらできたでおもしろいところを見つけます。

だからこれは、あやつってくれれば最高のパフォーマンスを見せますよっていう、そういうポジティブな話なんです。

ボクはあやつり人形。誰か、あやつってくれないかな。

自分がすること、選ぶこと、見ること、
聞くこと、
自分の身に起こること、
すべて「宝くじを買っている」と
考えればいいのではないだろうか。

何か別の、
大きなものに
なるかもしれない、と。

自分がすること、

選ぶこと、見ること、聞くこと、自分の身に起こること、すべて「宝くじを買っている」と考えればいいのではないだろうか。何か別の、大きなものになるかもしれない。

それが嫌な思いをしたことなのか、つらい経験なのかわからないけれども、宝くじのようなものだと考えれば、何かそれを抱えていることの意味が出てくる。

というか、もう少し抱えていられるし、ひょっとしたら、そのつらい経験は何かに化けるかもしれないよって、思いました。

宝くじを買う人は、これはお金をどぶに捨ててるわけじゃなくて、夢を買ってるんだってみんな言うわけですよね、宝くじ買う人の論理として。全くそのとおりなんですよね。

で、夢を買ってるんだから、買った時点でくじを持ってることが大事なわけであって、当たるかどうかは大事なわけじゃない。ひょっとしたら当たるかもしれないって思っていられること、もし当たったら、あれ買おう、誰にプレゼント贈ろうって、その気持ちにお金を払ってるわけであって。

だから、それがはずれても、もちろん買った本人は文句言わないわけですよね、それを込みでお金払ってるわけだから。

そういうふうに考えると、すべて世の中、生きてることに、割と文句言わずに済むんじゃないか。人生、宝くじだと思って生きてるわけですから、それは当たらなかったらしょうがないですよね、ってそれだけ。

人生には、見えない番号が振ってあります。

今やってることが、ひょっとしたら何かに化けるかもしれない、何かの役に立つかもしれない。何かと交換ができるものを自分は持っている、って思うと、得とも損とも言えないけれども、ゼロではない何かがずっと手元にあるんだよって、少し力になる。

ただつらがってるだけではなくて、ひょっとしたらそれが当せん番号になるかもって考えると、意外といろんなことが我慢できるんじゃないか。僕はそう思ってやってきたところがあるんですね。

問題は、この宝くじ、いつ当せん番号が発表されるかわかんない。だけど、ある日いきなり当せん番号が決まりましたっていう発表があって、それは何番ですっていうアナウンスが、ないとは言えない。

当たらなかったって思っていたのが、三十年後にいきなり、当せんですって言われるのかもしれない。その宝くじに期限はないから。

自分の人生において、何が当せんかどうかはわからないけれども、それに近いものがやっぱりあるわけですよね。で、やっぱりあれは人生の無駄になってなかったと、あとで思う。

本当につらかった思い出っていうのは、多分十年、二十年かかるんですよ、笑い話になるまでは。なんだけど、昨日あった嫌なこと、来週やんなきゃいけない嫌なことっていうのを、どうしようと思ったとき、この宝くじ方式を導入すると、なんとか乗り切れるんじゃないかって、そういう現実のとらえ方、ですね。

結局、自分がやってることってこういうことだなと、思いました。

でも、
どうすれば
いいんだろう
好きなことを
やれば
いいんじゃない？

人生は、この無限ループですよね。

でも、どうすればいいんだろう、好きなことをやればいいんじゃない？　でも、そのためにはどうすればいいんだろう、好きなことをやればいいんじゃない？　でも、どうすればいいんだろう、って。

いろいろ考えて選べなくなる自分がいて、じゃあ、何を選ぶかっていうと、結局、自分がやりたいことやればいいんだよっていうところに当然なるわけですよ。やりたくないことはやめりゃいいんだよ、で、自分がおもしろがれることだけを、それだけ一生懸命やればいいんだよって、当然なるわけですよね。

で、そうだそうだって自分でも納得して、よし、じゃあ自分の好きなことを、今それを選べる立場にいるわけだから、自分の好きなこと選ぼうって、一瞬、明るくなるんですよね。

それで、改めて、まだ返信していないいくつかのメールを見るわけです。でもどれから選べばいいんだろう。

ってことは、えーっと、どうすればいいんだろうって。また全く元に戻るっていう。

この繰り返しで、若い頃から生きてきました。

でも、どんな人も多かれ少なかれ、そうなんじゃないでしょうか。

若者もやっぱり自分の夢、俺はこの先どうしてやっていけばいいんだろう、自分の好きなことを仕事にすればいいじゃないかって思うけど、でもじゃあ明日どうすればいいんだろうっていう、このぐるぐるなんですよね。

つまり人生って、この二つまでに、かなり集約されちゃうっていう、身も蓋もなさ。

よほど特別な人じゃない限り、本当に好きなことなんてないんですよね。

誰かにちょっとほめられたりとか、たまたまうまくいったとかで、好きと思い込むしかないわけで。でもそれを、じゃあ自分の生き方にどう転用していいかがわからないから困ってるんだよねって。


で、この話をいつ考えたかというと。

自分の部屋がごちゃごちゃなんです。いつまでたってもきれいにならない。

そこで、いろいろ考えて。部屋の掃除の仕方を発明しました。

これは、いいこと思いついた。まず一番大事なものを捨てちゃえばいいんだと。そうすると、部屋に残ってる他のものが、すべてどうでもよくなるはずだ。

部屋の中から要はいらないものを捨てればすっきりするんだけれども、いらないものが選べないなと、悩んでたわけです。

これも使うかもしれないし、あれも使うかもしれないしってなってくると、いつまでたっても、ものが捨てられないから部屋がきれいにならない。

ってことは、一番大事なものを先に捨ててしまえば、もう残ってるものは、あれ捨てちゃったんだからこれ置いとく意味なくない？ってなるから、もうごっそり捨てられるはずだと。

これで、もう部屋はすっきりするじゃんって思って、この考え方は一番いいと、最高だと。

で、じゃあ明日これを、このコンセプトをもとに、実行しようと。そうすれば部屋がきれいになるぞって、その日はひとまず寝て。

次の日の朝、はて、一番大事なものって何だろうってなっちゃうんですよ。
実は、一番いらないものを考えるのと一緒だったんですよね。

一番いらないものから捨てていくのがだめなんだったら、じゃあ一番大事なものを先に捨てちゃえばいいんじゃないのかって思ったら、一番大事なものすら決められなかったんですよね。

で、ずっと汚いまま、今日に至ります。

若い頃。

別にムチャは
しなかった。

今も特にムチャは
しないし。

この先もきっと
ムチャをしない。

若い頃、

別にムチャはしなかった。今も特にムチャはしないし、この先もきっとムチャをしない。

世の中、かなりの割合の人が、実はこうなのではないか。

僕も、まさにそうで。

それこそ、結婚を決断するって結構勇気が要ることじゃないですか。で、決断するときに、でも結婚したらいろんなムチャなことできなくなるしなって思った自分がいて、その自分に笑っちゃったんです。したことねえじゃん、俺って。

で結局、生返事で結婚することになったんですけど、ムチャをしたことないくせに、結婚したらできなくなるって思った自分がおもしろくて、定期的にそのことを自分で思い出してます。

自分にできないことが
どんどん見えてくる。

それは、何かが
できるようになったしるし
なのかもしれません。

あれもできないな、

これも、これもできないなって思ってるってことは、それだけ何か別なことができるようになったから。

自分にできないことが見えるように、わかるようになってきたんだなっていう。それは大人の気づきですね。

自分にできないことがどんどん見えてくる。それは、何かができるようになったしるしなのかもしれません。

いわゆる
男女の仲

テレビか

ラジオか何かで、その言葉だけが流れてきたんですよ。

それで、何にも知らないのに、ほほう、いわゆる男女の仲かと思って。

いわゆる男女の仲、って言葉が気になって、それにどんな絵がついてたらおもしろいかなと思って、描いてみたんですけど。

へーって思う、その感じですよね。

どんな仲だよって、意味するところは一個しかないんだけれども、でも日本語のおもしろさというか。ぼんやりさせるんだけど、させてない感じが、何かすごい。

そういうはっきり言わない言葉みたいなのとか好きみたいで、そういうのに結構いちいち反応します。

隠語、好きですね。

いくつになっても、
あの頃の自分の
味方で、理解者で
いてあげたい

これは、
もう、そのままです。

もし、

そうなったら、

そういうものを

つくれば
いいだけだよ。

そういうものをつくればいいだけだよ。
っていうのが、それこそすごく大きな
テーマとしてあるんですよね。

もし、そうなったら、

身近な例で言えば。子どもが運動会の前の日に、かけっこで失敗するんじゃないかと心配している。そんなときに、もしびりになっても、それはそれとして、びりだったらびりの旗もらえばいいだけでしょ？ あるがままを受け入れればいいんだよ、って言いたいけど、それはなかなか言えないし、わかってもらえない。

絵では、子どもを抱いていますけど、仮に育児ネタとかで、おもしろおかしい連載をしてたとして、でも描いてる途中でその子がもし死んじゃったりなんかしたら、それができなくなる。

自分がこうしたいっていうものが、どうしようもない力で、ぐいって変えられたときにどうすればいいんだろうって、僕はいっつも不安で不安でしょうがない。

心配性だから、明日起こるかも知れないことが、常に怖いんです。

それで、日々恐れていてもしょうがないよねって、ごくごく当たり前のことを自分に言い聞かすために描いた一枚です。

もしそうなったら、その時できることをすればいいだけだよね、そうなったものを、つくればいいだけだよねって。自分に言い聞かせています。

簡単ではないですが、病気になったら、それを治すための薬をのめばいい。

そう思えたら、少し楽になる。

誰にでも、明日の変化に対する恐れがあります。覚悟ができないというか。

変化したくないって気持ちはあっても、でもいかんともし難く、変化は訪れるもので。

それの受け入れ方っていうものを、自分にとってどう考えれば、きたるべき変化を受け入れられるだろうかって考えてきたときに、一つの言い方として、そうなったら、それに合わせたものをつくればいいだけだよねっていう、結論に達したんです。

至極当たり前のことだし、あまりにも直球すぎるし、言葉にしてしまえば二、三行で終わっちゃうことなんだけれども、こう思えたとき何だか少し楽になりました。

相手の「できないこと」に
よりそうことのむずかしさ。

人の悩みとは
つまりそういうことなのでは
なかろうか。

何か自分が

やりたいことがあって、それができないっていうのは、大した悩みじゃないんですよ、多分。自分は自分でどうにかできるし、自分で目標は設定し直せる。そうではなくて、自分のそばにいる人に、できてほしいことができないってときに、どう一緒にやっていくかっていうのが、実は一番難しい。

相手の「できないこと」によりそうことのむずかしさ。人の悩みとはつまりそういうことなのではなかろうか。

「悩み」と名前がついているものの、大半の原因がそこにあるんじゃないか。

で、自分でどうにかできないものが横にあって、それを自分としてどう消化していくかっていう難しさ。

親ってこういう感覚ありますよね。子育てなんかはまさにそれで。

何でうちの子はすぐ人をたたいちゃうんだとか、自分だったら絶対しないことをするから、すごく考えますよね。

で、そこにおいては全く他人なんだなって、わかったりしても、でも親だから何回も言わなきゃいけない。子どもは聞かないけれど、何度も言い続けなきゃいけないし、まさに「親の悩み」です。

自分の親でも、たとえば認知症になっていろんなことができなくなって、何であんだけ言ってもまた、やっちゃったんだろうとかっていう部分で、自分の身近な人であればあるほど、できないことが許せないわけですよね。

夫婦の間でも、何で私のことを大事にできないんだろう、この人は、って思ったり。

結局、何でおまえはそれができないんだよっていうことが、一番人の悩みの根源なんじゃないのかなって。

それこそ、相手のできないことによりそうっていうことが、多分、人として一番難しいことなんじゃないのかなって思いました。

思い通りにならない他人と、思い通りにならない自分。どちらも大変なんですけどね。

イライラすると
新陳代謝が活発になって
体にいいで!!
「イライラ健康法」だ!!
ホラ! ホラ! チクショー!!

身の周り
3m四方を
のできごと

3cm四方の
紙に記録できれば
満足です

身の周り

3メートル四方のできごとを、3センチ四方の紙に記録できれば満足です。
今の私がそうだし、今後もそうだったらいいなあ、と思います。

この世は すべて

ねむくなるまで

ってなことを

毎日ぐじぐじぐじぐじ考えて、ねむくなってきて、ああ、もうねむい、おしまいって感じです。

何かもう世の中いろいろあるけど、結局ねむってしまえば、一回終わる。だからどんなことも、所詮は、もうねむくなるまでの話なんじゃないかって思えば、ちょっとだけ楽になる。一晩寝ると、だいぶ変わりますからね。何もかもがね。

だから結局、この世はすべてねむくなるまでの空ぶかしのようなものなんだろうなって。

…きもちよく寝てるのに。

明け方前にトイレに行きたくなって
目が覚めるお年頃。

こちらで
できるのは
ご提案までです。

本にできること

とか、表現にできることっていうのは、本当はここまでしかないよなっていう、身も蓋もない話ですよね。「後はご自分の判断と責任でどうぞ」ですからね。でも、身も蓋もない話をどうにかしておもしろがれないだろうかって、いつも、思っています。

こちらでできるのはご提案までです。

おわりに

サア、いかがでしたでしょうか。
中年男性の言い訳とヘリクツと
負けおしみの数々。
自分で読み返す度に
はずかしくてぎゃーーーッて
なります。

あーー

やっちゃったーー。

1.

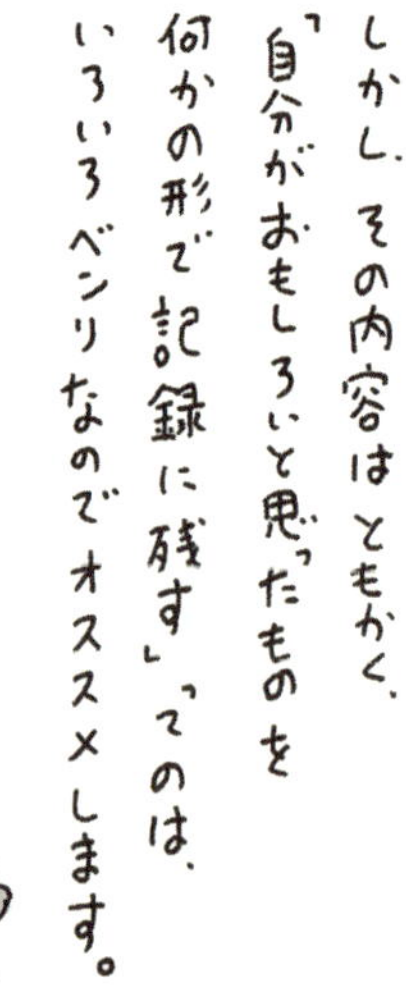

しかし、その内容はともかく、
「自分がおもしろいと思ったものを
何かの形で記録に残す」ってのは、
いろいろベンリなのでオススメします。

スケッチで

俳句で

録音で

2.

おもしろいのは、記録方法によって
記録できるおもしろさのタイプが
違うことです。

くそう…
あの髪型のおもしろさは
スケッチでは表現しきれない…

あれは「写真派」の
担当物件だ…

3.

どんな形式であれ、記録し始めると
「自分の担当物件以外のおもしろさ」が
世の中にはたくさんあることが見えてきます。

私は
「スケッチ派」なので、

スケッチした時に
一番おもしろく
なるものを
探しています。

そして、人に、自分に、世の中に、ちょっとだけ
やさしくできるような気がします。

さいごまで
おつきあい
いただき、

まことに
ありがとう
ございました。

4.

でも、ボクは
あんまりがんばり
たくないから。

みんなも
がんばらなければ
いいのに！

思（おも）わず考（かんが）えちゃう

発行　2019年3月30日
26刷　2024年10月10日

著者　ヨシタケシンスケ
発行者　佐藤隆信
発行所　株式会社新潮社
住所　〒162-8711　東京都新宿区矢来町71
電話　〈編集部〉03-3266-5611
　　　〈読者係〉03-3266-5111
https://www.shinchosha.co.jp

印刷所　錦明印刷株式会社
製本所　加藤製本株式会社

乱丁・落丁本は、ご面倒ですが小社読者係宛お送り下さい。送料小社負担にてお取替えいたします。価格はカバーに表示してあります。

ISBN 978-4-10-352451-9　C0095